MOLIÈRE-MATÉRIAU(X)

ACTES SUD – PAPIERS
Direction éditoriale : Claire David

L'auteur remercie Éric Ruf, sans qui ce texte n'aurait sans doute pas existé, ainsi que Catherine Verheyde qui a bien voulu l'éclairer lors de sa création.

Également disponible en livre numérique

Photographie de couverture : © Brooke DiDonato / Agence VU'

ISSN 2743-6608
ISBN 978-2-330-18021-8

MOLIÈRE-
MATÉRIAU(X)

Pierre Louis-Calixte

A
U
SINGULIER

En la mémoire de Michel Louis-Calixte.

Je t'appellerai Jean-Baptiste.
Ton autre nom, celui que tu t'es choisi plus tard, ton nom de théâtre, sous lequel tout le monde te connaît aujourd'hui, celui-là appartient à la postérité et pour te dire la vérité, il m'impressionne, comme nous impressionnent parfois les montagnes, les monuments ou les statues.
"Jean-Baptiste" me fait me sentir plus proche de toi.
Et c'est pour ça aussi, le tutoiement. Non pas une façon d'être trop familier avec toi, mais juste assez pour oser te parler, t'évoquer.
"S'en tenir aux faits", c'est ce que revendiquent la plupart de tes biographes dans leurs notes d'intention. Ne pas se laisser aller au jeu des hypothèses, ne rien déduire ou inventer, encore moins romancer, comme si c'était déchoir, comme si c'était mentir et te trahir un peu, non, "s'en tenir aux faits avérés", et, cœurs vaillants, ils se lancent à ta recherche, dans un élan presque amoureux,

pour saisir la vérité de ton existence. Je les suis.
Grimarest déplore que le public soit rempli d'une infinité de fausses histoires à ton sujet : "Il y a peu de personnes de son temps, qui pour se faire honneur d'avoir figuré avec lui, n'inventent des avantures qu'ils prétendent avoir eues ensemble. J'en ai eu plus de peine à développer la vérité ; mais je la rends sur des Mémoires très-assurez ; et je n'ai point épargné les soins pour n'avancer rien de douteux."
Pourtant, dès la première phrase de son ouvrage – "Il y a lieu de s'étonner que personne n'ait encore recherché la Vie de Mr de Molière pour nous la donner" –, Grimarest se trompe, car une vingtaine d'années avant lui, en 1682, La Grange, ton ami La Grange, le fidèle La Grange, a rédigé avec Jean Vivot, à l'occasion de la grande édition posthume de tes œuvres, ta première notice biographique.
Des erreurs, il y en aura d'autres.
Voltaire lui aussi regrette que "le goût de bien des lecteurs pour les choses frivoles, et l'envie de faire un volume de ce qui ne devrait remplir que peu de pages, so[ie]nt cause que l'histoire des hommes célèbres est presque toujours gâtée par des détails inutiles et des

contes populaires aussi faux qu'insipides. On ne dira de sa propre personne [la tienne, donc] que ce qu'on a cru vrai et digne d'être rapporté". Voltaire, quelques lignes plus tard, te fait naître en 1620, deux ans avant ta véritable naissance.

Il nous faut attendre le commissaire Louis-François Beffara – qui enquête, cherche et trouve ton acte de baptême – pour savoir avec certitude que tu es né le 15 janvier 1622 (c'était un "samedy", on l'écrivait avec un *y* à ton époque), et non pas sous les piliers des Halles, au 31 de la rue du Pont-Neuf, comme le pensaient Grimarest et bon nombre de biographes après lui, Voltaire compris, mais dans une maison qui se situait à l'angle de la rue Saint-Honoré et de la rue des Vieilles-Étuves (c'est comme ça qu'on appelait les bains publics).

Aujourd'hui la rue a disparu, les bains avec elle. Disparu aussi le Pavillon des Singes, où tu aurais vu le jour et qu'on nommait ainsi à cause de son pilier d'angle sur lequel étaient sculptés des singes qui grimpaient à un arbre pour en cueillir les fruits.

C'est là où tu serais né, donc. Au premier étage sans doute, parce que c'était la chambre de ta mère, qui ne s'appelait pas Boudet, comme l'a cru Grimarest, ni Anne Boutet,

comme l'a écrit Voltaire, mais Cressé. Et son prénom, c'était Marie.
Plus les années ont passé, plus les recherches ont permis de collecter de nombreux documents à ton sujet. Les actes notariés, les quittances, les brevets, tous les certificats et comptes rendus aujourd'hui rassemblés sur toi nous permettent de situer avec certitude quelques moments de ta vie.
Mais si on s'en tient uniquement à ces documents afin d'éviter la tentation du roman, aussi instructifs soient-ils, c'est presque pire. Ta vie entière se résumerait à ce tas de papiers administratifs. En les lisant, il me semblait que tu t'amenuisais petit à petit, comme si chaque document, qui pourtant clamait la vérité de ton existence, en s'ajoutant aux autres, participait au contraire de ta disparition.
J'arrêtai.
C'est quoi, la vérité d'une existence ? Qu'est-ce qui en constitue le cœur ardent ?
Cette vérité n'est-elle pas ailleurs que dans une succession de dates et de faits ?
Est-ce que la vérité d'une vie n'est pas inévitablement romanesque ? Jusque dans nos propres existences ?
Pensez seulement au réseau inextricable des raisons multiples, complexes, ténues jusqu'à

l'infime, jusqu'à l'irrationnel parfois, hasardeuses tout aussi bien, de toutes les raisons qui à chaque moment influent sur le cours de nos existences pour leur faire prendre telle ou telle direction… Si bien que dans nos souvenirs, et dans les récits que nous en faisons, se mêle presque malgré nous une sorte de *flow*, de flux, de flou romanesque – comment faire autrement ?
Nos vies sont les romans que nous en faisons, et que nous remanions sans cesse, au gré de notre mémoire, de la façon dont les choses nous reviennent à l'esprit ; une sorte de petite légende que nous bricolons de nous-même, et pas par orgueil ou par goût de la falsification, mais parce que c'est inévitable ; parce que de nos vies, nous sommes à la fois les acteurs et les chroniqueurs.
Alors prétendre à une vérité objective sur la vie d'un autre que soi-même ?
Surtout quand tant de siècles nous en séparent, parce que, pardonne-moi Jean-Baptiste, mais vu d'ici, aujourd'hui, ton XVIIe siècle, c'est un autre monde, une tout autre manière de penser le monde.
D'autant que, comme Shakespeare, ton aîné, tu n'as pas laissé de notes manuscrites, de correspondance, un journal écrit de ta main qui nous permettrait de saisir quelque chose de

la personne privée que tu étais… L'homme derrière ton masque de comédie.
Chaque trou alors, si on ne trouve pas comment le combler, chaque trou, c'est comme une petite fosse.
Dans ce cas-là, est-ce que l'imagination ne nous console pas un peu ? Est-ce qu'elle ne devient pas enviable ? Est-ce qu'elle n'est pas un moyen pour lutter contre la disparition ? Un sésame pour que ta silhouette se redessine un peu dans l'air, et que de l'air presque gonfle à nouveau tes poumons. Si seulement…
Ce que je voudrais, comprendre ce qui me lie à toi. En quoi ma mémoire est agitée par la tienne.

Eh, te voilà, toi. Je te reconnais, avec tes deux entailles, tes deux incrustations d'ivoire. La canne de mon grand-père paternel, la vraie. Je me rends compte au moment où je dis "la vraie" à quel point ma parole peut vous paraître suspecte. Je comprends, je vous parle d'un endroit où les poignards sont faux, les poisons violents, du sirop, où les cheveux, même les nez peuvent être postiches. Un endroit tout entier dédié à l'illusion et au trompe-l'œil où les soi-disant morts se relèvent à la fin pour saluer.

Je vous comprends.
Mais cette canne-là n'est pas un accessoire de théâtre. Je vous jure.
Et là, si je viens parmi vous, est-ce que ça change quelque chose ? À ma parole, à cette canne dont je vous parle ? Est-ce qu'elle vous devient un peu plus réelle ? Ou bien mes mots restent-ils toujours pour vous malgré tout sous le sceau de la fiction, malgré tout sujets à caution, prononcés par un comédien, lui-même exercé dans l'art de contrefaire, et dont la parole, au moment même de son surgissement, est tout aussi vraie et fausse à la fois ?
Je vous comprends et pourtant je ne peux pas dire autrement : ceci n'est pas une canne de fiction, elle est d'une autre nature, autobiographique. C'est la canne du père de mon père, celle du papy Calixte, l'orphelin, avec son nom de l'assistance publique.
C'est toi, mon bizarre premier lien avec Molière.
Quand je te regarde, ce qui me revient, l'image de mon grand-père sur son lit de mort. On disait ça, à l'époque. Mes parents m'ont dit ça : "Il est sur son lit de mort", et je me revois, enfant, l'enfant que j'étais alors, pas bien épais, entrant dans sa chambre en

croyant qu'on lui en avait construit un exprès, de lit, pour ça.
Je me revois, me penchant sur lui pour l'embrasser sur le front – j'avais eu cet élan –, et la surprise du froid sur mes lèvres. C'était mon premier mort.
Après mon cochon d'Inde.
C'est sur toi qu'il s'appuyait à la fin de sa vie, Louis (il s'appelait Louis). Tu as accompagné ses derniers pas, et tu as accompagné les miens – fragiles eux aussi –, porté mes premières répliques de théâtre. De sa main à la mienne, tu es comme un trait d'union entre nous deux, un bâton de relais.

C'était au Cameroun, pourquoi nous avais-tu suivis jusque là-bas, à Yaoundé ? Moi j'étais un enfant, et comme tous les enfants j'avais suivi mes parents, mais toi ?
Je devais apprendre un bout de scène de *L'Avare*, quelques lignes du monologue d'Harpagon. Il faudra donner le ton, avait insisté notre enseignante – cette expression de donner le ton, je m'en souviens encore –, et c'est justement en essayant de donner le ton que je me suis pris au jeu. C'est là où tu entres en scène.
On a répété tous les deux dans ma chambre. Je te tapais sur le sol de béton rouge. Un sol

de béton teinté dans la masse, d'un rouge goyave. Par la fenêtre, on voyait le corossolier. Plus loin, la haie d'hibiscus, généreuse, épaisse.
Avant de partir, le matin, je me suis mis de la farine dans les cheveux et du noir sur les dents – pour moi, être vieux, c'était ça : avoir les cheveux blancs et les dents cariées –, et comme j'avais peur qu'on se moque de moi dans le car de ramassage scolaire, on est partis en taxi tous les deux. On est arrivés en classe, tout le monde nous regardait bizarrement, tu te rappelles ? Et puis ça a été notre tour. Je me suis levé en m'appuyant sur toi. J'ai marché comme un vieux, comme mon grand-père devait le faire avec toi, pour aller de ma chaise à l'estrade.
Sur cette petite scène, on est montés, ensemble, et on s'est lancés : "Au voleur ! Au voleur ! À l'assassin ! Au meurtrier ! Justice, juste ciel ! Je suis perdu, je suis assassiné ; on m'a coupé la gorge ; on m'a dérobé mon argent."
Ce dont je me souviens, c'est du regard de mes camarades. De leurs éclats de rire en me voyant singer ce vieillard fou et désespéré, mais surtout de leurs yeux sidérés par le joyeux chaos que c'était de crier comme ça

dans la classe. De pouvoir le faire. D'en avoir le droit.
En m'appuyant sur toi, je devenais ce vieil homme et tes mots, Jean-Baptiste… Tes mots, c'était comme un sauf-conduit pour bousculer le déroulement normal et sage d'une heure de cours. Protégé que j'étais derrière les remparts invisibles et pourtant bien réels de la fiction que toi, Jean-Baptiste, tu avais construits autour de moi, tes mots, ils me permettaient tout. Je pouvais même les hurler, j'étais devenu intouchable. Et pendant qu'Harpagon pleurait sa misère, quelque chose en moi exultait.
De ton XVIIe siècle, tu venais de m'ouvrir une porte – une issue – dans mon ennuyeuse existence d'élève. Quelque chose se passait enfin, un joyeux chamboulement, un frisson merveilleux, grâce à ton théâtre et grâce à toi.
J'avais une dizaine d'années.
À dix ans, toi, Jean-Baptiste, tu perds ta maman. C'est tôt. C'est toujours trop tôt sans doute, mais dix ans vraiment… "On ne meurt qu'une fois et c'est pour si longtemps", ce que tu écris dans *Le Dépit amoureux.*
Est-ce pour ça qu'il y a si peu de mères dans tes pièces ?

Que les servantes sont si proches des enfants ?
Qu'elles prennent toujours le parti de la jeunesse contre l'autorité inflexible des pères ?
Votre servante, Marie de La Roche, avait le même prénom que ta maman. Après sa disparition, c'est elle, Marie de La Roche, qui devient ton repère féminin.
Marie de La Roche…

La Roche, c'est le nom du lieu-dit où mes parents vivaient encore, tous les deux, l'été dernier. C'est justement là où je me trouvais lorsqu'Éric Ruf, l'administrateur de la Comédie-Française, m'a proposé de réfléchir à un monologue sur toi – comme les choses, les événements se télescopent parfois…
J'étais venu leur rendre visite, prendre des nouvelles – ce qu'on dit –, et je découvrais jour après jour l'avancée de la maladie d'Alzheimer chez mon père. Sa mémoire qui s'accidentait de plus en plus. Les trous de mémoire… Un cauchemar pour un acteur : on est sur le plateau et brusquement plus aucun mot ne vient. Et au moment où le texte s'éclipse, le personnage aussi vous lâche. On est là, brutalement rendu à soi-même, stupéfait par ce double abandon, si

seul et si démuni alors. On aimerait tant que les mots nous reviennent, ou bien ne plus être là. Disparaître à son tour.
Mais lui, c'étaient ses propres mots qui ne lui venaient pas, qui ne lui venaient plus, qui se défilaient, d'un coup, en plein milieu d'une phrase, et qu'il lui fallait remplacer par d'autres, approchants ou presque, ceux qui se présentaient à lui, choisis à la va-vite, dans la panique, pour ne pas perdre la face. Et les silences après.
Son trouble, sa honte d'avoir failli devant moi ; ma peine devant cette sorte de disparition à vue, de mort avant l'heure.
Alors cette invitation à revisiter ta mémoire et la mienne quand celle de mon père était en train de s'évanouir… Comme les choses, les événements se télescopent.
J'aimerais parvenir à dire combien tout est confondu parfois dans nos existences. Comme tout est tellement mêlé, concomitant et chaotique dans nos vies.

Si peu de mères, donc, dans ton théâtre, j'en étais là. Tant de pères, d'hommes seuls, certains qui se remarient – ce que fera ton père, après avoir gardé le deuil un an.
Louis s'est retrouvé veuf lui aussi, et lui aussi s'est remarié. Il y aura eu deux femmes dans

sa vie ; et ces deux entailles dans la crosse de sa canne, ces deux lames d'ivoire au-dedans, était-ce pour que ses doigts s'en souviennent ?
Et ton grand-père Louis Cressé – ton grand-père aussi s'appelait Louis –, est-ce que c'est bien le conte qui circule, à son sujet ? La légende qu'on raconte ?
Qu'il t'emmenait au théâtre parce qu'il l'adorait ?
Qu'il t'a fait découvrir les comédiens de la farce ? Les Turlupin, Tabarin, Gaultier-Garguille, Gros-Guillaume, et puis ceux de la commedia dell'arte, Scaramouche bien sûr.
Je vous imagine, ton grand-père et toi, lui te prenant par la main pour que tu ne te perdes pas dans la rue, petit bonhomme que tu étais alors, et hop, direction les tréteaux, ceux de la foire.
Je vous vois, tous les deux, au milieu de la foule des spectateurs, dans ce moment de partage du rire ensemble, de rire de la même chose, au même moment, et de rire aussi de la joie de l'autre. De rire à l'unisson, malgré la mort de Marie, ta mère et sa fille. De rire, malgré tout.
Cette joie que tu avais reçue grâce à lui, est-ce que tu t'en es souvenu plus tard ?

Est-ce que tu t'es dit que toi aussi, tu allais en donner, de la joie ?
Que le rire, ce serait comme une conjuration ?
Mon autre grand-père, pas celui de la canne mais le maternel, Julien, lui aussi m'emmenait avec lui, mais nous, c'était à la pêche qu'on allait – un solitaire qui vous invite dans sa solitude, c'est une belle preuve d'affection. C'était un espace où on se tenait dans le silence – pour ne pas faire fuir les poissons, on disait, mais surtout pour se retrouver seul avec soi-même, à la fois seul et ensemble.
Peut-être que c'était ça aussi que vous partagiez, Louis et toi, un moment où être à la fois parfaitement soi-même et tout à fait ensemble. Mais au lieu du silence de la pêche, c'était le brouhaha des théâtres.
Ton grand-père ne t'a jamais vu jouer, il meurt en 1638, tu as seize ans. Le mien, Julien, vivait encore quand je suis devenu comédien. Il n'est jamais venu me voir jouer. J'aurais aimé partager ça avec lui, mais c'était un homme taiseux et pudique : peut-être que ça l'aurait gêné, toute cette exubérance des comédiens.
Il n'a pas deviné que ce temps du théâtre pouvait être comme le temps de la pêche, un temps pour soi.

J'étais seul, l'autre soir, au Théâtre-Français,
Ou presque seul ; – l'auteur n'avait pas grand succès.
Ce n'était que Molière, et nous savons de reste
Que ce grand maladroit qui fit un jour Alceste
Ignora le bel art de chatouiller l'esprit,
Et de servir à point un dénouement bien cuit. […]

J'écoutais cependant cette simple harmonie,
Et comme le bon sens fait parler le génie.
J'admirais quel amour pour l'âpre vérité
Eut cet homme, si fier en sa naïveté ;
Quel grand et vrai savoir des choses de ce monde,
Quelle mâle gaieté, si triste et si profonde
Que, lorsqu'on vient d'en rire, on devrait en pleurer !
Et je me demandais : Est-ce assez d'admirer ?
Est-ce assez de venir, un soir, par aventure,
D'entendre au fond de l'âme un cri de la nature,
D'essuyer une larme, et de partir ainsi,

Quoi qu'on fasse d'ailleurs, sans en prendre souci ? [...]

Puis je songeais encore (ainsi va la pensée)

Ce "je" là n'est pas moi, c'est Alfred de Musset.

Puis je songeais encore (ainsi va la pensée)
Que l'antique franchise, à ce point délaissée,
Avec notre finesse et notre esprit moqueur,
Ferait croire, après tout, que nous manquons de cœur ;
Que c'était une triste et honteuse misère
Que cette solitude à l'entour de Molière,
Et qu'il serait bien temps, comme dit la chanson,
De sortir de ce siècle, ou d'en avoir raison ;
Car à quoi comparer cette scène embourbée,
Et l'effroyable honte où la muse est tombée ?
La lâcheté nous bride, et les sots vont disant
Que sous ce vieux soleil tout est fait à présent ;
Comme si les travers de la famille humaine

Ne rajeunissaient pas, chaque an, chaque semaine.
Notre siècle a ses mœurs, partant sa vérité ;
Celui qui l'ose dire est toujours écouté.

Ah ! j'oserais parler, si je croyais bien dire.
J'oserais ramasser le fouet de la satire,
Et l'habiller de noir, cet homme aux rubans verts,
Qui se fâchait jadis pour quelques mauvais vers.
S'il rentrait aujourd'hui dans Paris, la grand'ville,
Il y trouverait mieux, pour émouvoir sa bile,
Qu'une méchante femme et qu'un méchant sonnet ;
Nous avons autre chose à mettre au cabinet.
Ô notre maître à tous ! si ta tombe est fermée,
Laisse-moi dans ta cendre, un instant ranimée,
Trouver une étincelle, et je vais t'imiter !
J'en aurai fait assez si je puis le tenter.
Apprends-moi de quel ton, dans ta bouche hardie,

Parlait la vérité, ta seule passion,
Et pour me faire entendre, à défaut du génie,
J'en aurai le courage et l'indignation* !

Un jour, autre coïncidence, je cherchais un canapé pour ma loge de la Comédie-Française. J'arrive à l'adresse indiquée sur l'annonce, à Auteuil, devant un immeuble, et ce que je vois, une plaque sur laquelle est gravé :

ICI S'ÉLEVAIT
UNE MAISON DE CAMPAGNE
HABITÉE PAR MOLIÈRE
VERS 1667

Vers 1667, à Auteuil, c'était la pleine campagne, des champs partout… Et même à Paris, c'était ça : beaucoup de champs. Des pâturages et des vaches. Imaginez, évoluant dans les avenues touristiques d'aujourd'hui, sur le boulevard de l'Opéra par exemple, au lieu des bus et des voitures de maintenant, des vaches. Imaginez un peu.
Et justement, à Auteuil, à cette époque où tes ennemis t'éreintaient par toutes sortes de dénonciations, de calomnies, de pamphlets,

* Alfred de Musset, "Une soirée perdue", *Revue des Deux Mondes*, t. 23, 1840 (p. 470-472).

de spectacles aussi, face à toute cette âcreté que tu devais endurer, à cette fatigue encore – en 1667, tu as quarante-cinq ans, depuis trois ans tu te bats pour faire jouer ton *Tartuffe*, oui, il est probable que tu le sois, fatigué – alors, à Auteuil, tu viens te reposer. De ton activité théâtrale aussi, trop intense, trop peu de temps pour écrire, apprendre et mettre en scène. Toujours à devoir fournir, et toujours le temps trop court – tu le dis déjà en 1661, dans la préface des *Fâcheux* : "Jamais entreprise ne fut si précipitée que celle-ci ; et c'est une chose, je crois, toute nouvelle, qu'une comédie ait été conçue, faite, apprise et représentée en quinze jours." Quelques années plus tard, tu pulvérises ton propre record quand, dans *L'Impromptu de Versailles*, tu fais dire à Madeleine Béjart que la pièce a été conçue, faite et devrait être représentée en huit jours : "Si cela vous faisait trembler, dit-elle à Molière, vous prendriez mieux vos dispositions, et n'auriez pas entrepris en huit jours ce que vous avez fait." Seulement le problème, c'est que les acteurs n'ont pas eu le temps d'apprendre leur texte. Parfois c'est toi qui n'as pas le temps d'écrire la pièce comme tu le voudrais. *La Princesse d'Élide*, tu es contraint d'en arrêter la versification au milieu de la scène 1 de l'acte II,

et tu t'en expliques dans cet avis : "Le dessein de l'auteur était de traiter ainsi toute la comédie ; mais un commandement du Roi qui pressa cette affaire, l'obligea d'achever tout le reste en prose, et de passer légèrement sur plusieurs scènes, qu'il aurait étendues davantage, s'il avait eu plus de loisir."
Parfois, tu es si pressé par le temps que vous jouez la pièce avant même que tu aies fini de l'écrire, et *Mélicerte*, tu en suspends le cours, à la fin du deuxième acte, sur cette réplique d'Acante lancée comme une promesse pourtant : "Suivons aussi ses pas, afin de tout apprendre." Trois siècles et demi plus tard, on reste suspendus. Acante n'en saura jamais plus. Et nous non plus.
Cette pression sans arrêt, cette injonction à accomplir le même travail dans un temps toujours plus court – déjà –, mais que faire quand "les rois n'aiment rien tant qu'une prompte obéissance*" ?
Alors face à tout le tumulte du monde, Auteuil, c'était pour toi une retraite nécessaire, un refuge, un havre. Tu y venais, dans cette maison d'Auteuil, ta maison de campagne, une "maison des champs" on disait, et là, c'était le temps des amis : ceux de longue

* Molière, *L'Impromptu de Versailles*.

date, Bernier, Chapelle… et puis La Fontaine, les frères Mignard. Je pense à ce portrait que Pierre a fait de toi, tu es en robe de chambre, sans maquillage, tu le regardes. Qui d'autre encore ? La Grange peut-être ? Oui, sans doute La Grange.
Quand je m'allonge dans ce canapé entre les répétitions de la journée et la représentation du soir, parfois je rêve à ça : c'est une fin de déjeuner. Il y a du silence. Un silence qui prend son temps, et que chacun accueille, qu'il n'est pas nécessaire de combler, où chacun est à la fois plongé en lui-même et baigné dans ce moment commun. Des sourires passent sur les visages, comme en écho des éclats de rire du repas. Et puis toi, sur ta banquette, bercé par le doux clapotis des voix amies qui a repris, dans les effluves de vin et de tabac, dans cette rondeur absolue du moment, tu fermes les yeux et tu te laisses doucement glisser vers le sommeil.
Ça m'amuse de me raconter ça, juste avant de m'endormir à mon tour, qu'à quatre siècles d'intervalle, nos siestes se font signe, et que d'Auteuil à ma loge de la Comédie-Française, qu'on appelle la Maison de Molière, ce canapé n'a fait que passer de l'une de tes maisons à l'autre.

“Je ne sais pas, de vrai, quel homme il peut être, s’il faut qu’il nous ait fait cette perfidie” ;
“Le seigneur Harpagon est, de tous les humains, l’humain le moins humain” ;
“Il me fait tant de civilités et tant de compliments, que je ne saurais jamais lui demander de l’argent” ;
“Dis-moi, n’est-il pas vrai quand tu tiens ton potage que si quelque affamé venait pour en manger, tu serais en colère et voudrais le charger ?” ;
“Je vous assure, Monsieur, que le plus souvent je n’ai pas un morceau de pain à mettre sous les dents.”
Sur les costumes, à la Comédie-Française, est épinglée une étiquette de tissu : un rectangle de coton ordinaire, sur lequel est inscrit le nom de la pièce, le nom du personnage et celui du comédien qui, le dernier en date, a interprété le rôle.
Sur celui-ci a dû figurer : “Tartuffe-Cléante-Daniel Znyk”.
Un matin de septembre 2006 (c’était un samedi, on l’écrivait désormais avec un *i*), Muriel Mayette, qui dirigeait à l’époque la Comédie-Française, me téléphone pour me proposer d’entrer dans la troupe. Il y a une situation d’urgence : il faut reprendre un rôle, le plus vite possible, celui de Cléante

dans une de tes pièces qui est en tournée, ton *Tartuffe*, mis en scène par Marcel Bozonnet ; et dans le même mouvement, presque dans la même phrase, elle m'apprend la disparition de Daniel Znyk.

Ce sas de sidération et de vide que cela crée en nous quand on apprend la mort de quelqu'un.

De devoir une telle joie à une disparition, c'était si brutal que je lui ai demandé vingt-quatre heures pour réfléchir… Et le 21 septembre 2006, quelques minutes à peine après avoir signé mon engagement comme pensionnaire de la Comédie-Française, je suis monté dans les étages pour procéder à l'essayage.

C'est là où on m'a passé le costume, celui de Cléante, celui de Daniel donc.

Il était bien plus massif que moi, il fallait tout reprendre, réduire le costume de ses mesures aux miennes, et Renato Bianchi, le directeur des costumes et de l'habillement, s'y attelait, aidé de plusieurs couturières et de leurs épingles.

J'ai eu du mal à l'endosser, ce costume, qui était pour moi, excuse-moi Daniel, le costume du mort.

Je me souviens du froid qui m'a saisi, au contact de la chemise sur ma peau, et puis de ce manteau, bien trop grand et si lourd sur mes épaules. Je me souviens de l'envie de hurler, qui m'a pris. De celle de courir très vite et très loin, le plus loin possible de cet atelier. J'ai fait tout ça, dans ma tête. Je n'ai pas bougé. Je me suis juste senti pâlir, avec les fourmis, à toute vitesse, qui me grimpaient dedans comme si j'allais m'évanouir. Dans un brouillard, j'entendais les indications que Renato donnait aux couturières qui s'activaient autour de moi ; je m'en souviens comme d'une nuée, mais elles n'étaient que deux en réalité. Leurs gestes étaient rapides, précis, efficaces. Cela m'a aidé à rester debout, de prendre conscience que ce passage presque impossible pour moi, elles l'opéraient, elles, à force de gestes très concrets, accomplis les uns après les autres. Je me suis concentré là-dessus et, petit à petit, au fur et à mesure de leur ouvrage, tandis qu'à chaque coup d'épingle elles ajustaient un peu plus le costume à mon corps, j'ai retrouvé le calme.

Et puis il y a eu cette phrase. Au moment de tendre les collants sur mes jambes, Renato a suggéré au contraire de les laisser comme "dégouliner", parce que, a-t-il ajouté, cela donnerait une allure plus "rock" à ma silhouette. Cette phrase a été déterminante, elle a agi comme une reconnaissance. En la prononçant, Renato a permis que le costume de Daniel Znyk devienne le mien : il y a fait ma place. Il m'a donné l'autorisation, une autorisation essentielle, celle du corps, pour que de Daniel à moi, le Cléante de ton *Tartuffe* continue de faire entendre sa voix :

> Hé quoi ! vous ne ferez nulle distinction
> Entre l'hypocrisie et la dévotion ?
> Vous les voulez traiter d'un semblable langage,
> Et rendre même honneur au masque au visage ;
> Égaler l'artifice à la sincérité,
> Confondre l'apparence avec la vérité,
> Estimer le fantôme autant que la personne*.

J'ai appris plus tard les circonstances de la disparition de Daniel. Ça se passe un soir à la Comédie-Française. Vous êtes plusieurs à boire un verre, à plaisanter, et puis vous vous mettez à jouer l'infarctus. Vous jouez, avec Laurent Stocker et Michel Vuillermoz – ce sont eux qui me racontent –, à celui qui le fait le mieux, à celui qui est le plus crédible. Vous riez beaucoup. Vous êtes comme trois enfants qui jouent à faire

* Molière, *Tartuffe*, Acte I, scène 5.

le mort le mieux possible : avec l'œil qui se révulse et le petit filet de bave. C'est pour de faux et c'est pour ça que c'est si drôle. Et puis la soirée s'achève, tout le monde se sépare, chacun rentre chez soi.
La suite, il n'y a que Daniel qui pourrait la raconter.
Tout ce qu'on sait, c'est qu'on le retrouve au sol, devant la porte de son immeuble, et que le médecin légiste appelé pour déterminer les causes de son décès conclut à un arrêt du cœur.
"N'y a-t-il point quelque danger à contrefaire le mort ?"
Je ne sais pas si Daniel se savait cardiaque et si en rire ce soir-là, c'était une manière de conjurer le sort, de conjurer la mort, de lui faire un pied de nez et de la remettre à sa place, mais toi, Jean-Baptiste, quand tu écris pour toi le rôle d'Argan dans *Le Malade imaginaire*, à quoi tu joues ?
Car tu n'as rien d'un malade imaginaire. Cette toux – cette fluxion, on dit à ton époque –, cela fait déjà plusieurs années qu'elle s'est installée dans ta poitrine, et en 1668, n'est-ce pas parce qu'elle y est déjà si présente, si insistante, que tu décides de l'intégrer dans l'écriture du personnage de ce vieil avare d'Harpagon, puisque c'est toi qui le

joueras ? “Il n’y a que ma fluxion qui me prend de temps en temps.” Cette réplique, c’est toi qui la dis, quand tu fais répondre à Madeleine Béjart qui joue Frosine : “Cela n’est rien. Votre fluxion ne vous sied point mal, et vous avez grâce à tousser.”

Tu en fais même peut-être – sûrement – un petit numéro, de cette fluxion, pour faire rire la galerie et le parterre. Cette fluxion qui, le 17 février 1673, un an jour pour jour après la mort de Madeleine, te prend sur scène, et finira par te tuer quelques heures plus tard, chez toi.

Et quand, dans sa longue dispute avec Argan, au sujet de la médecine, tu fais dire à Béralde : “J’aurais souhaité de pouvoir un peu vous tirer de l’erreur où vous êtes, et, pour vous divertir, vous mener voir, sur ce chapitre, quelqu’une des comédies de Molière”, tu finis par lui répondre dans la bouche d’Argan : “Par la mort non de diable ! Si j’étais que des médecins, je me vengerais de son impertinence ; et, quand il sera malade, je le laisserais mourir sans secours. Il aurait beau faire et beau dire, je ne lui ordonnerais pas la moindre petite saignée, le moindre petit lavement ; et je lui dirais : crève, crève ; cela t’apprendra une autre fois à te jouer à la Faculté.”

Elle est troublante cette image de toi, Jean-Baptiste, jouant Argan, te maudissant toi-même, souhaitant ta propre mort, sous les rires du public. Les malédictions d'Argan s'accompliront pourtant. Aucun médecin ne viendra à ton chevet.

Jean-Luc Lagarce l'a mise en scène, cette pièce du *Malade imaginaire*. Lui aussi se savait malade, d'un mal dont beaucoup sont tombés à l'époque, et qui l'a emporté.
Je l'ai vue, cette mise en scène. C'était un spectacle en noir, décor et costumes, "une comédie endeuillée", c'est ainsi qu'en parlait Lagarce. Les seules touches de clarté, comme des effractions de la lumière, semblaient provenir des parcelles de peau exposée des acteurs et des actrices ; et comme en revers de cette blancheur carnée, il y avait dans le fond le rouge vif d'un écorché.
Je me souviens de cette longue scène 3 de l'acte III, entre Argan et son grand frère Béralde (qui était joué par Jean-Louis Grinfeld). Lagarce avait choisi de faire de Béralde un homme malade. On voyait à son extrême fatigue qu'il se savait condamné. C'est dans ce mélange de résignation et d'apaisement, de courage et d'élégance face à la maladie qui le consumait, qu'il trouvait

la force de consoler Argan, le faux malade. Plus rien, dans ce personnage, de la rage d'un Dom Juan ou de celle d'un Alceste, aucune velléité de changer le monde ni les hommes, trop tard et tant pis, et plutôt que de dénoncer la folie de son petit frère, de se révolter contre, il faisait avec. Il l'accompagnait avec douceur, il la chouchoutait presque lorsqu'il proposait à Argan de se faire médecin lui-même, dans cette mascarade finale, ultime pour toi, à la quatrième représentation.
Bernard Bloch, qui jouait Argan, me raconte que Lagarce était là à chaque représentation. Il restait assis dans les coulisses, à jardin ; c'est de cet endroit, de plain-pied avec les acteurs, qu'il regardait chaque soir le spectacle.
Bernard n'avait qu'un seul accessoire, un bâton, et quand il quittait le plateau, pour son unique sortie de scène, ce bâton, il le confiait à Jean-Luc Lagarce. Pendant les quelques minutes où il soufflait un peu, en marchant de long en large, tous les deux, ils échangeaient des regards. Ils ne se disaient rien. Lagarce tenait le bâton jusqu'au moment où Bernard allait de nouveau entrer en scène. Là, il le lui redonnait.
Comme dans une course de relais…

Jean-Luc Lagarce, note d'intention pour sa mise en scène du *Malade imaginaire*, 1992 :

> On se coucherait pour toujours, on dirait qu'on est malade.
> On serait comme un enfant perdu, un vieil enfant redevenu petit.
> Plus jamais on ne sortirait. Que nous importe le Monde ! On resterait dans le lit, au chaud, dans la douceur des draps, on ne serait plus obligé à rien, on pourrait se soustraire à ses devoirs, rien ne nous obligera, on aura tous les droits. On se ferait câliner, on pourrait pleurer sur soi-même à nouveau, on ne sera plus jamais responsable, on sera plus enfant encore que ses propres enfants, on pourrait même s'en débarrasser, les mettre au couvent ou les vendre pour essais anatomiques à la Faculté des Sciences – on pourra jouer à des jeux imbéciles, être peu à peu comme un bébé idiot, être l'enfant désespéré de sa propre épouse, être le cadet perdu d'un grand frère sérieux, avoir des exigences, faire des caprices.
> On ne sera plus qu'un corps peu à peu. Ce sera bien. Un corps un peu lourd au milieu du Monde, au milieu de la maison, un corps échoué là, à ne plus vouloir bouger vraiment, à attendre.

Un corps que les autres devront nourrir, laver, porter, retourner. Un corps qu'on doit remplir et vider. Un corps plein de sang, de bile, d'humeurs et de merde, un corps un peu effrayant peu à peu qu'il faut faire manger et faire chier, un corps qui sent mauvais et qui encombre l'espace.
Un corps autour duquel on doit tourner, un corps qui dévore tout, qui empêche les autres de vivre, qui les engloutit, les dévore et les noie, un corps égoïste et monstrueux qui nie l'existence des autres corps, qui ne parle que de lui. [...]
S'aimer soi-même et flotter peu à peu entre le rêve et la réalité, être épuisé et heureux de disparaître, ne plus rien sentir, ne plus rien éprouver. Délirer un peu, avoir peur parfois, voir des fantômes, des vampires, donner sa fille à un médecin disséqueur de jeunes femmes, battre les enfants, confondre sa bonne avec un vieillard, se faire couper un bras, arracher un œil, faire le mort, être mort vraiment.
Disparaître. Rester seul, avec juste, s'éloignant, de plus en plus lointaine, la voix de la sagesse qui tenterait de vous maintenir en vie, de vous garder en conscience.
Rester seul enfin, médecin de ses propres douleurs, être bien sans personne, n'avoir

jamais de comptes à rendre, être bien, oui, comme avant de naître, comme après mourir, pareil*.

Jean-Luc Lagarce, dans un entretien, se défend d'une quelconque mise en abyme de lui, malade, mettant en scène *Le Malade imaginaire*. En l'écoutant, je pense aux stratégies d'évitement face à la maladie. Je pense à la manière dont son personnage de Louis dans *Juste la fin du monde* utilise le verbe "tricher", à toute la complexité vivante qu'il met dans ce mot.
Dans cette mise en scène, comme dans ses pièces, Lagarce rebat les cartes de son autobiographie pour la rendre présentable, représentable.
Ce que tu fais, toi, Jean-Baptiste, avec toutes tes douleurs, des comédies. Sur la scène, tu les épuises, tu les éreintes – tu es à la fois le taureau et le matador, et tu les mets à mort.
À chaque représentation, tu recommences, tes douleurs, tu les leurres, tu les domptes, et tu leur règles leur compte.
Déjà avec Arnolphe. Face aux cabales qui vont leur train au sujet de ton mariage avec Armande Béjart, de vingt ans ta cadette, que

* Jean-Luc Lagarce, à propos du *Malade imaginaire*, in *Mes projets de mises en scène*, Paris, Les Solitaires intempestifs, 2014.

certains disent être ta fille, toi, tu écris *L'École des femmes*. Et le rôle d'Arnolphe, c'est toi qui le joues. Les rires, c'est toi qui les provoques, mais au lieu de les subir, dans la rue ou dans les salons, à la cour, dans ton dos, tu leur fais face ; mieux, tu viens les chercher à la face. Olé !

Et les calomnies dont tu devais souffrir au quotidien, tu les transformes en joie. Celle que tu donnes à toutes celles et ceux qui se réunissent dans la salle du Petit-Bourbon.

Et ta maladie aussi ?

En en faisant du théâtre, est-ce que tu voudrais la circonscrire à l'espace de la scène ? La cantonner entre cour et jardin, la "cage de scène" on appelle ça. Tu l'enfermes là-dedans, ta maladie, dans l'espoir qu'elle y reste, bien sagement, jusqu'à la prochaine représentation, comme si ton existence au-dehors pouvait alors en être débarrassée – purgée, dirait Purgon.

C'est ça ?

Cette métamorphose d'une réalité qui te blesse en comédie, est-ce que cela te donne la sensation de la maîtriser, d'en être le maître d'œuvre jusqu'au bout, puisque tu l'écris, tu la mets en scène et tu la joues ? Comme Jean-Luc Lagarce fait dire à Louis dans *Juste la fin du monde* :

> Dire,
> seulement dire,
> ma mort prochaine et irrémédiable,
> l'annoncer moi-même, en être l'unique messager,
> et paraître
> – peut-être ce que j'ai toujours voulu, voulu et décidé, en toutes circonstances et depuis le plus loin que j'ose me souvenir –
> et paraître pouvoir là encore décider,
> me donner et donner aux autres [...] une dernière fois l'illusion d'être responsable de moi-même et d'être, jusqu'à cette extrémité, mon propre maître*.

Il en est des rencontres avec les personnages comme des rencontres en général ; certaines sont plus fortes que d'autres, s'impriment en nous de manière plus durable, et nous façonnent aussi un peu. Parce que si la vie impressionne le plateau, le plateau, lui aussi, parfois, impressionne la vie.
C'est ce qui s'est passé, je crois, entre le personnage de Louis et moi. Louis, comme un halo discret, m'a accompagné. Ses mots, sa façon d'être au monde, d'en devenir le

* Jean-Luc Lagarce, *Juste la fin du monde*, Paris, Les Solitaires intempestifs, 2000 (1re éd.).

spectateur, déjà un peu retiré, presque absent, allant vers ça, écoutant, regardant, mais de plus en plus silencieux. Comme s'entraînant jour après jour à mourir un peu mieux. Ce qu'il m'a fait entrevoir, dans ma pratique d'acteur, à travers son silence – car à moi aussi, il me l'imposait, son silence –, c'est une perception accrue de ce que peut être la présence sur un plateau lorsqu'elle décide de se passer de preuve. Simplement être là et écouter. Se tenir dans cet espace d'écoute, des autres et de soi-même, à la fois seul et ensemble, comme dans ce temps de l'enfance, de la pêche avec mon grand-père, un endroit que je n'avais pas exploré, avec cette acuité, sur un plateau, avant de rencontrer Louis.

On peut appréhender les choses intellectuellement, mais on ne les saisit réellement que lorsqu'elles vous saisissent à leur tour, que ça nous traverse, qu'on les éprouve. À travers l'expérience physique que cela a été d'incarner Louis, j'ai eu le sentiment qu'il me faisait un cadeau en retour : celui de me révéler ce lien étrange entre disparition et surcroît de présence, entre présence et effacement.

J'ai goûté au silence de Louis, je m'y suis un peu reconnu, et insensiblement, sans que je me le formule alors, ce retrait de Louis

est devenu un peu mon retrait, sa réserve, la mienne.
J'ai emmené Louis dans ma vie. Ce Louis qui m'avait soufflé que vivre sans la perception de sa mort prochaine, c'est comme vivre à demi.
Et puis, après avoir traversé le destin de Louis et de sa maladie, trois ans plus tard – un hasard, sans doute, un hasard, forcément –, j'ai dû affronter la mienne, une leucémie. Huit mois en soins intensifs, dans une chambre stérile (les doses de morphine pour contrer la douleur, je me les envoyais moi-même, avec une petite pompe, quand je sentais la vague monter en moi), et puis un an, ensuite, entre traitements et convalescence.
Après tout ce temps passé face à la maladie, dans un brouillard plutôt épais – et comme par réflexe on tenterait d'éviter dans un *slow-motion* extrêmement lent un obstacle mortel –, cette phrase que tu as écrite dans *Le Malade imaginaire*, cette phrase que tu dis dans le rôle d'Argan, m'est revenue : "N'y a-t-il point quelque danger à contrefaire le mort ?"
J'aurais tant aimé, Jean-Baptiste, t'écouter sur ce sujet.
Cette phrase, depuis, je n'ai jamais pu m'empêcher de l'entendre comme une question

que tu te poses et que tu adresses à toutes celles et ceux qui s'adonnent à cette étrange pratique de contrefaire. Et contrefaire n'est pas mentir, tu le dis dans *L'Impromptu de Versailles* : "N'oubliez pas que vous êtes les personnages que vous représentez."

Alors est-ce si innocent de contrefaire ?

Faire semblant, est-ce vraiment sans danger ?

On dit qu'on s'imprègne d'un rôle. Ça commence dès la première lecture du texte. Ça continue lors de son apprentissage : ces mots, on les mémorise, on les absorbe pour que, de la page dactylographiée, ils s'impriment en nous, qu'ils deviennent les nôtres. On se met peu à peu à les respirer, puis, à mesure des répétitions, à leur donner chair (la nôtre donc : c'est notre corps qu'on leur dédie). On sent alors que le personnage, ses pensées, ses humeurs, ses pulsions, travaillent en nous, en permanence, sur scène mais en dehors aussi, jour et nuit, parfois jusque dans nos rêves.

Puis vient la première, et cette incubation continue à opérer en nous. À chaque représentation, pendant toute une saison – parfois, sur plusieurs années.

C'est quoi le chemin des mots d'un personnage au-dedans de soi ?

Ces mots, dans lesquels on a une foi totale.

D'autant que lorsqu'on joue certains grands

textes, on se rend compte qu'il n'y a presque rien d'autre à faire que de les dire, ces mots, parce que le seul fait de dire ces mots-là, agencés de cette manière-là, suffit à nous modifier, à nous agiter l'âme et le corps.
Ces mots, quels sillons creusent-ils au-dedans du corps des acteurs et des actrices ?
Pour y semer quoi ?
Quelles secrètes métamorphoses ?
Quand est-ce que cela s'arrête ?
Est-ce que ça s'arrête ?
Est-ce qu'on se défait d'un personnage après la représentation ?
Est-ce qu'on s'en débarrasse au salut ?
Ou juste un peu plus tard, en enlevant son costume ?
Tout s'évanouit-il dès notre sortie de scène ?
Lorsque le noir se fait ?

DANS LA MÊME COLLECTION

Stanislas Roquette, *Insuline & Magnolia*, 2023.
Laurent Gaudé, *Grand menteur*, 2022.
Nora Hamzawi, *Public imaginaire*, 2021.
Felwine Sarr, *Traces*, 2021.
Jean-Michel Djian, *Rimbaud en feu*, 2021.
Scali Delpeyrat, *Je ne suis plus inquiet*, 2020.
Élise Noiraud, *Élise*, 2020.
Paul Verrept, *Raz de marée* suivi de *Marée basse*, 2020.

A
U
SINGULIER

"C'est quoi le chemin des mots d'un personnage au-dedans de soi ?

Ces mots, dans lesquels on a une foi totale. D'autant que lorsqu'on joue certains grands textes, on se rend compte qu'il n'y a presque rien d'autre à faire que de les dire, ces mots, parce que le seul fait de dire ces mots-là, agencés de cette manière-là, suffit à nous modifier, à nous agiter l'âme et le corps.

Ces mots, quels sillons creusent-ils au-dedans du corps des acteurs et des actrices ?"

Comédien, Pierre Louis-Calixte a travaillé en troupe avec la compagnie Carcara puis dans celle de la Comédie-Française, où il est sociétaire depuis 2013. *Molière-Matériau(x)* est son premier texte.

ACTES SUD - PAPIERS

DÉP. LÉG. : MAI 2023
9,90 € TTC France
ISBN 978-2-330-18021-8

9 782330 180218